さかいめねこ

メルヘン21 編

花伝社

もくじ

表紙・さし絵 ✦ みやもと みな ✦

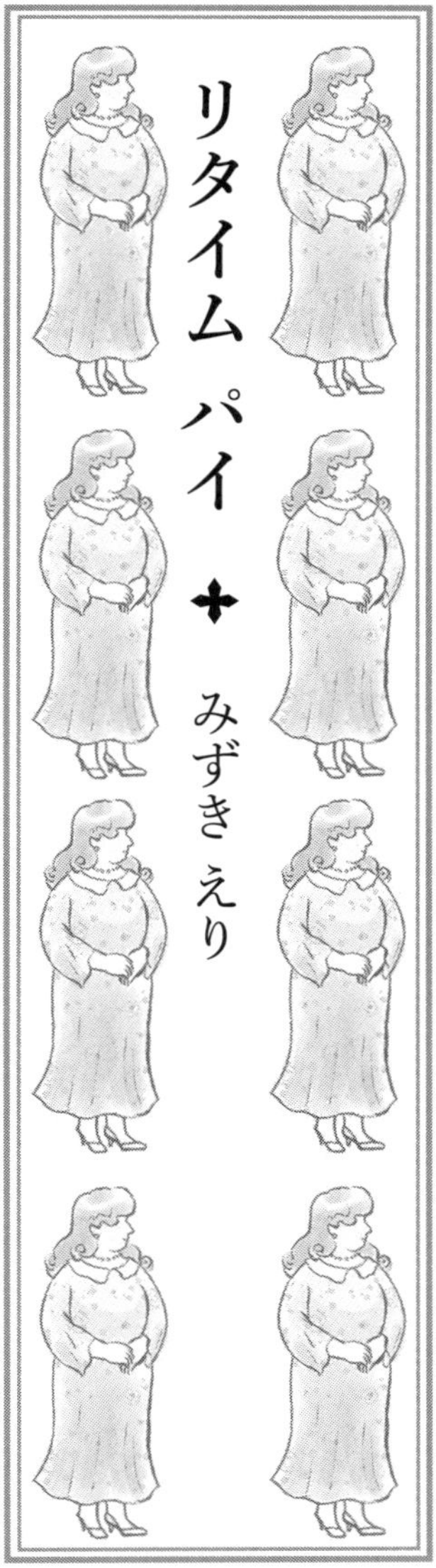

リタイムパイ

みずき えり

「ただいまー」

玄関《げんかん》のドアを開《あ》けると、見たことのない白い大きなくつがあった。

「おかえりなさい。ゆりちゃん、お客《きゃく》さまよ」

ママがリビングから顔をだした。

なんと、ママはようせいのような服《ふく》を着《き》ている。

お客《きゃく》さまは、背《せ》の高いふくよかな外国の女の人だった。

「仕事《しごと》のことでお知りあいになったのよ」

わたしを紹介《しょうかい》するママの声は、小鳥のさえずりのように明るい。ママは、腕《うで》のいいマジシャンだ。

「娘《むすめ》のゆり、四年生なの」

「こんにちは」

女の人は、ほほえんだ。

「こんにちは」

わたしは、あいさつをしてから二階《にかい》へ行った。

（お客《きゃく》さまは女の人だったのか……）

わたしは着《き》がえてからキッチンにいって牛乳《ぎゅうにゅう》をのんだ。

「ピアノのおけいこの時間ね。いっていらっしゃい。気をつけていくのよ」

ママの声がリビングから聞こえてきた。

「はーい、いってきます」

わたしは、レッスンバッグをもってピアノ教室にでかけた。

今週は、あまり練習《れんしゅう》をしていなかったので先生にいわれた。

「おなじところでつかえてしまうわね。この二小節《にしょうせつ》だけ取《と》り出して練習《れんしゅう》するといいのよ」

（取《と》りだして、ですか）

わたしは、冷蔵庫《れいぞうこ》からなにかを取《と》りだすことを想像《そうぞう》した。たとえば、包《つつ》んであるハムとか。でも、やっぱりハムは冷蔵庫《れいぞうこ》にもどして。楽譜《がくふ》をみた。練習曲《れんしゅうきょく》の七十番は、三週間もやっているのに丸がもらえなかった。おけいこの帰り道、いつも鎖《くさり》を外して散歩《さんぽ》をしている黒くて大きい犬にあってしまった。犬はうなりながら近づいてきた。それなのに、かいぬしのおばさんは、

「だめよ、おいで、これっ」

といっているだけだった。怖《こわ》くてどうなるかと思っているのに。

犬から離《はな》れてやっと家に帰ると、お客《きゃく》さまは帰った後だった。

「ねえ、ママ、ずいぶん大きなくつが置《お》いてあったわね。お客《きゃく》さまは男の人かと思ったよ」

すると、

「あっ、そうなのよ。ティムさん、男の人でね、うまく変装《へんそう》していたでしょ」

「ええっ？」

「女の人に見えていたら大成功《だいせいこう》なのよ。舞台《ぶたい》でね、あっという間に変装《へんそう》する工夫《くふう》をしていたの」

「どう見ても、女の人に見えたけど」

「ああ、そうだわ。おみやげのお菓子《かし》たべてごらん。マジック国のおみやげだって」

「マジック国？」

「そう、マジック国」

「その国、どこにあるの」

「さあ、どこかしら。どこだかわからないけど、ティムさん、そこへ、よくマジックの勉強《べんきょう》に行くの」

たしかに、おかしの箱《はこ》には、マジック国特製《とくせい》リタイムパイと書かれている。

「リタイムパイだって。しょうみきげんは、えーと、明日《あした》までよ」

「とにかく召《め》し上がれ」

パイにはちがいなかったが、はさんであるフルーツは食べたことのない不思《ふし》議《ぎ》な味《あじ》がした。リタイムパイを二切れ食べた。


次の日、学校が終わって家に帰った。

玄関《げんかん》のドアを開《あ》けると、大きな白いくつがあった。

「おかえりなさい。ゆりちゃん、お客《きゃく》さまよ」

ママが、リビングから顔をだした。

お客《きゃく》さまは、背《せ》の高いふくよかな外国の女の人だった。

(あれっ、昨日《きのう》と同じお客《きゃく》さま)

「仕事《しごと》のことでお知り合いになったのよ」

ママは、私を紹介《しょうかい》した。

(これは夢《ゆめ》かしら)

「こんにちは」

女の人は、ほほえんだ。

「こんにちは」

わたしは、あいさつをして二階《にかい》へいった。カレンダーを見ていると、下から
ママの声がした。

「ゆりちゃん、ピアノのおけいこにいっていらっしゃーい」

(今日は、五月二十七日、月曜日か)

わたしはカレンダーを見た。

(へんだな、午後だけ、月曜日? 月曜日は、ピアノのおけいこ日)

わたしは、レッスンバックを持ってピアノ教室にでかけた。

おけいこが始《はじ》まって、練習曲《れんしゅうきょく》の七十番をひくと、

「同じところでつかえてしまうわね。この二《に》小節《しょうせつ》だけ取《と》り出して練習《れんしゅう》するといいのよ」

先生はよくそんなことをいうのだ。

帰り道では、いつも鎖《くさり》を外して犬を散歩《さんぽ》させているおばさんに会ってしまった。

犬はまた、いらだった目をして近づいてきた。よだれをたらしていまにもか

みつきそうなのに、

「だめよ、おいで、これっ」

おばさんは、遠くから叱《しか》るだけだった。それでも、何とか無事《ぶじ》に家に帰って、
ママに今日《きょう》のことを話した。

「なんだか、昨日《きのう》のことがくりかえされているのだけど、今日《きょう》って、五月
二十七日だよね」

私が聞くと、

「そうよ。そして月曜日よ」

ママは自信《じしん》をもっていったけれど、どうもおかしい。


そして、次《つぎ》の日。

学校から帰ったわたしは、そっと玄関《げんかん》のドアを開《あ》けた。

昨日《きのう》と同じ、白い大きなくつがある！

「おかえりなさい。ゆりちゃん、お客《きゃく》さまよ」

ママは、リビングから顔を出した。

「お仕事《しごと》のことでお知り合いになったのよ」

お客《きゃく》さまは、背《せ》の高いふくよかな外国の女の人だった。

「こんにちは」

女の人は、ほほえんだ。

「こんにちは」

わたしは、あいさつをしてから二階《にかい》にいった。

「ピアノにいっていらっしゃいね」

「あれ、今日《きょう》、月曜日？」

「ええ、そうよ」

ママは額《ひたい》に汗《あせ》をかいている。マジックの練習《れんしゅう》は体力がいるのだ。

(がんばっているじゃない、ママ)

わたしのがんばるところは、とにかく、七十番をつかえないで弾《ひ》けるようにすることだ。出かける前にもういちど、練習《れんしゅう》することにした。できないところだけを何回も何回もひく。本気で三十分《さんじゅっぷん》もやっていたら弾《ひ》けるようになった。

やればできるのだ。

「ピアノにいってきまーす」

わたしはレッスンバックを持《も》ってでかけた。今日《きょう》はなかなかじょうずに弾《ひ》けた。七十番は、今日で終わった。今度は七十一番だ。

「やった!」

足取《あしど》りも軽《かる》くピアノ教室を出た。でも、帰り道、黒い犬をつれたおばさんに出会った。

よだれをたらした大きな犬は、いらだつ目をしてわたしに近づいてきた。

私は思いきっていった。

「あのう、犬をつないでください」

おばさんは、びっくりした顔をした。

でも、すぐに、

「ああ、そうね、そうするわ」

かばんの中から散歩用《さんぽよう》のベルトをだして、犬の首につけた。

家にかえると、ママは部屋《へや》を暗《くら》くして、音楽をかけてマジックの練習《れんしゅう》をしていた。

「明日《あした》は、舞台《ぶたい》があるのよ」

ママがいった。

「ママ、はりきっているのね」

「そうよ、舞台《ぶたい》の上が私の世界《せかい》でーす」

ママは、またマジシャンの顔にもどった。

七十番が終わったことは、後で教えてあげることにした。

次《つぎ》の日、学校が終わって家に帰った。

どきどきしながら玄関《げんかん》のドアを開《あ》けると……白いくつはなかった。

あしたのヨーグルト

小林 和子

学校から帰ると、テーブルにメモとお金がおいてあった。

おばあちゃんのヨーグルトおねがいします。

かあさんからだ。

「ああっ、そうだった」

ひろきはつい大声《おおごえ》を出した。

今日は、ばあちゃんにヨーグルトをとどける日だった。友だちとあそぶやくそくをしたのに、ことわらないといけない。

「やんなっちゃうな」

四年生になって、地区の少年サッカーチームに入り、友だちがふえた。みんなで自転車《じてんしゃ》にのって遠出をすることもある。今日は、となり町にあるため池まで出かけていって、ざりがにつりをすることになっていた。

「あーあ、行きたかったなあ」

ひろきはためいきをついた。

ひろきのばあちゃんは、ハートピアというケア施設《しせつ》にいる。ひろきの家から自転車《じてんしゃ》で二十分ぐらいのところにある。

ばあちゃんは、施設《しせつ》に入る前から、毎朝ヨーグルトを食べるのがしゅうかんになっていた。あしたのヨーグルトといっては、いつも切らさないようにれいぞうこにならべていた。

ワンパック六こ入りで、牛の絵がついたモーモーヨーグルト。

「ヨーグルトは体にいいんだよ。べんぴになやまされないし、ひどいかぜにもかからない。おまけに、花ふんしょうにもならないんだからね」

だけど、ばあちゃん、二年前に脳《のう》こうそくでたおれた。

家の前にきゅうきゅう車が来て、ねむったままのばあちゃんはストレッチャーにのせられ、そのまま中井病院《びょういん》まではこばれた。

その時二年生だったひろきは、かあさんのエプロンをにぎりしめながら、走り去《さ》っていくきゅうきゅう車を見おくった。

しかし、二か月ぐらいたったら、うんよくしょうじょうがおさまって、ばあちゃんは目をさました。そして、リハビリのため、ハートピアという施設《しせつ》にうつされた。

ハートピアの朝食にはヨーグルトがつかない。ばあちゃんは、さんざんわがままをいって、とくべつにヨーグルトを朝食にそえてもらうことになった。

ひろきの両親はともにしごとをしている。そこで、ひろきが定期的《ていきてき》に、ヨーグルトをばあちゃんにとどけることになった。

「ほんと、めんどくさい」

さいふをポケットにつっこむと、ひろきはふくれっつらで自転車《じてんしゃ》にまたがった。

なみきのけやきがみどりのはっぱをつけはじめている。

自転車《じてんしゃ》を走らせていると、風が気もちいい。

ひろきはいつのまにかすっきりした顔をしていた。

ハートピアのうけつけで名前を書いて、エレベーターで二かいにあがった。

ホールに、車いすにのったお年よりがあつまっていた。テレビをみたり、しょくいんの人と話をしたり、ただそこにいるだけだったたり、さまざまだ。

ばあちゃんは……と見回すと、車いすにのって、つめしょの前にいた。

なにかもんくをいっているように見える。

どうしたんだろう、と思いながら近よっていくと、

「あ、ほら、ひろきくんですよ」

しょくいんのあさみさんがばあちゃんにえがおをむけた。

ひろきを見たしゅんかん、ばあちゃんは、ぐいぐい車いすをうごかしてやってくると、さっと左手をつき出した。

ばあちゃんは脳《のう》こうそくでたおれてから、うまく話せなくなった。けれど、手のうごきなんかで、何をいっているのかはだいたいわかる。

これは、ヨーグルト、もってきたかい、といういみだ。

後ろからついてきたあさみさんがくすっとわらっていった。

「もうさっきからずっとこうなのよ。もうすぐひろきくんがもってきてくれますよ、っていっても、くびを強くふるばっかりなの」

「すみませんでした」

ひろきは頭をぺこりと下げると、

「ばあちゃん、はい、これ、あー、しー、たー、のー、ヨーグルトー」

ひろきはわざといやみないい方をしながら、スーパーのふくろをさし出した。

「よかったですね」

あさみさんがばあちゃんのせなかをさすってくれている。

ばあちゃんはふくろの中をのぞきこむと、うんうんとうなずいた。

ばあちゃんといっしょにばあちゃんのへやに行って、ヨーグルトをれいぞうこに入れる。

これで、やくめはおわりだ。

「じゃ、帰るから」

ひろきはエレベーターにむかった。

後ろから、ばあちゃんが車いすを動《うご》かしながらついてくる。

「ばあちゃん、もういいから」

エレベーターの前でそういっても、ばあちゃんは動《うご》かない。

ひろきはせなかをむけて、心の中でつぶやいた。

エレベーター、早く来てくれよ。

エレベーターがついて、中に入り、1のボタンをおすと、ひろきはかるく手を上げていった。

「バイバイ、ばあちゃん」

とびらがしまるまで、ばあちゃんはずっとひろきを見ていた。

夏になると、少年サッカーのリーグ戦《せん》がはじまった。ひろきたち四年生はまだしあいに出してもらえないけど、楽しかった。

チームをおうえんしたり、おべんとうを食べたり、あき時間にはグラウンドのすみでリフティングをやった。

だけど、しあいとヨーグルトがかさなった時は、ゆううつだった。

そのたびに、かんとくにわけを話して、しあいのとちゅうでぬけなくてはいけない。

チームがかってもまけても、しあいに出なくても、さいごまでみんなとたたかいたかった。

そしてリーグ戦最終日《せんさいしゅうび》。

またヨーグルトとかさなってしまった。

「きょうはばあちゃんにヨーグルトもっていかないからね」

出かける時、ひろきはきっぱりといった。

「どうしてよ、まだしあいに出なくていいんでしょ」

かあさんはさらりといった。

ひろきはむっとした。

「ばあちゃんのヨーグルト、おれにばっかりおしつけないでよ」

ひろきはおこったようにいうと、げんかんをとび出した。

それっきり、ばあちゃんにヨーグルトをもっていかなくなった。


二がっきに入ってまもなくのことだった。

朝早く、ハートピアから電話がかかってきた。

「おかあさんがたおれて、いしきふめいのじゅうたいだそうよ。さっき、となりの中井病院《びょういん》にうつされたって」

電話に出たかあさんが、とうさんに早口でせつめいしている。

「今からようすをみてくる」

とうさんは会社を休むようだ。

「わたしもすぐ行きます」

かあさんもしごとを休むことになった。

「ぼくは、どうするの？」

のそのそとおきてきたひろきが、ぼおっとした顔できくと、

「いつも通り学校に行きなさい」

とうさんはひろきのかたに手をおいていうなり、病院《びょういん》へむかった。

かあさんはいそいできがえをして、てきぱきとゴミをまとめると、げんかんをとび出した。

夕方、ひろきは病院《びょういん》に行くと、ばあちゃんはＩＣＵ《アイシーユー》というへやでねむっていた。

「えっ……」

ひろきはいきをのんだ。

点てきのはりがばあちゃんのうでにささっていて、まくらもとでは、ピピピときかいが音をたてている。さんそマスクがつけられ、見ているだけでいきぐるしくなる。

「けつあつがもうはかれないぐらい下がっているそうだ」

「たおれたの、これで二ど目ですものね」

ひろきのそばで、とうさんとかあさんが声をおとして話している。

「今夜が山だろうな」

二人の話を聞きながら、ひろきはだまって、ばあちゃんをじっと見つめた。

ばあちゃんは、つぎの日もそのつぎの日もねむったままだった。

ひろきはもう病院《びょういん》には行っていないけれど、とうさんとかあさんは仕事帰《しごとがえ》りによってくる。

「山はこしたんだけどな」

ばんごはんを食べながら、とうさんがいった。

ちょっとつかれたような声だった。

「そのうちに、おかあさん、目をさますわよ。ICU《アイシーユー》だって、もう出たんだから」

かあさんは、とうさんにビールをつぎながら、はげますようにいった。

「ごちそうさま」

ひろきは食べおわると、すぐ食たくをはなれて、ゲームをはじめた。

「またゲーム？」

かあさんのうんざりしたような声がした。

「またって、今日《きょう》はこれがはじめてだよ」

「しゅくだいはやったの？」

「うん、とっくにやった」

「じゃあ、時間わりはそろえたの？」

「それは、あしたの朝にやるよ」

ひろきはゲームの手を止めないでいう。

かあさんはひろきの手から、ゲームきをとり上げた。

「時間わりをそろえるのは、前の日にしなさいっていって、いつもいってるでしょ」

「だいじょうぶだって、いつもそれで間に合ってるんだから」

もうゲームかえしてよ、とひろきは口をとがらせた。

「やることとやってからにしなさい」

かあさんは、ゲームきをかえしてくれそうにない。

ひろきはしかたなく自分のへやに行った。

はあー、とおもしろくなさそうにためいきをつくと、

「えーと、今日は火曜日だから……あー、しー、たー、の……」

時間わりは……といいかけて、

「ああっ!」

ヨーグルト。

そういえば、自分がもっていかなくなってから、ばあちゃんのヨーグルトはどうなっていたんだろう。

ふと、ひろきは思いだした。じいちゃんのそうしきで、おいおいないていた

ばあちゃんが、とつぜん、あたしのヨーグルトはあるの？　とさわいでいたことを。

もしかしたら、ばあちゃんがたおれて、ずっと目をさまさないのは……自分がヨーグルトをもっていかなくなったからなんじゃないのか……

ふとんに入ってから、ずっとてんじょうをにらんでいた。

つぎの日。ひろきはヨーグルトをもって中井病院《びょういん》に行った。

これで、ばあちゃんが目をさますと思ったわけじゃない。ただ、とどけたかった。

ベッドのそばによると、ばあちゃんはやせて小さくなった気がした。

いきをする音がかすかにしか聞こえてこない。手や足はまったくうごかない。

「ばあちゃん、ごめんな」

ひろきはばあちゃんの手をにぎると、ベッドわきのれいぞうこに、ていねいにヨーグルトを入れた。

ばあちゃんはいっこうに目をさまさない。

おまけに、遠くに住んでいるしんせきのおじさんやおばさんたちがやって来て、ひそひそいった。

もう、だめかもしれないわね。

ひろきはふあんでしようがなかった。

けれど数日後のことだった。

とうさんがしごとから帰ってくるなり、

「おふくろのけつあつがじょじょにあがってきてるって」

はずむようにいった。

「そう！　やっぱりおかあさんはすごいわね」

かあさんがえがおでかえすと、とうさんもうなずいていった。

「おふくろの生命力《せいめいりょく》に先生もびっくりしてた」

ひろきは、ふぅーといきをはいた。


やっと、ばあちゃんは目をさました。たおれてから十日もたっていた。

ひろきは、とうさんとかあさんといっしょに病院《びょういん》へとんでいった。

「おふくろ」

「おかあさん」

とうさんとかあさんがばあちゃんによびかけた。

とっさにばあちゃんはだれだか分からなかったようだ。ぼんやりとした目で、
とうさんとかあさんをかわるがわる見て……それから、ゆっくりとひろきに目

をむけた。

しばらくして、ああ、というような顔をすると、ベッドからやせた左手を出した。

とっさにひろきはばあちゃんのそばによっていった。

「ちゃんと、あるよ、あしたのヨーグルト」

てんぐだいらで　たんじょう会

西ノ内　多恵《たえ》

あたご山の山カッパ、カンタは早起《はやお》きして、サルのモンチのために、ケーキをやくじゅんびをした。

モンチのよろこぶ顔を思いうかべながら、カヤの木の実《み》をつぶし、こなにし、バターとはちみつをまぜた。

カヤの実《み》は、山のアーモンドといって、サルの大すきな食べものだ。ケーキのてっぺんに、赤いノイチゴと緑《みどり》のキウイをかざる。

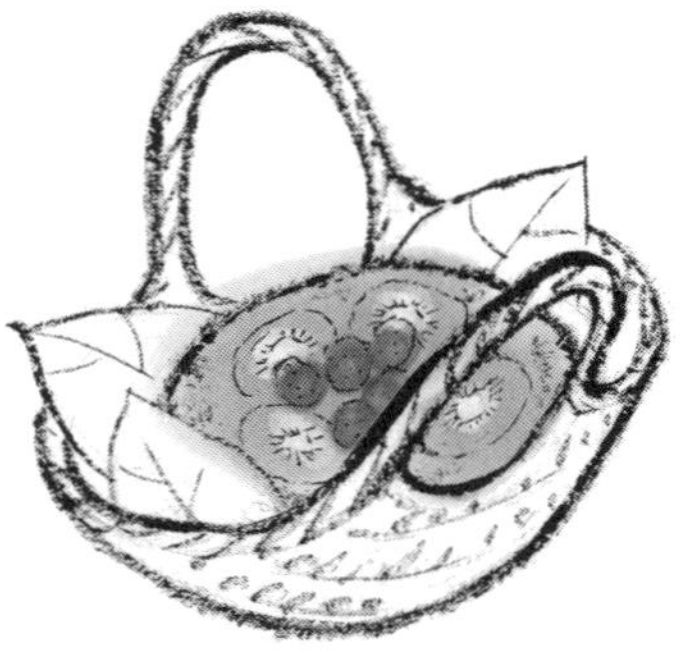

つる草であんだかごに入れると、カンタはうちを出た。

（そうだ、山のけもの道より、さわ登《のぼ》りが早いや）

カンタは谷川へ下り、川上《かわかみ》へと向《む》かう。

ごつごつした岩をふんだとき、ぐらりとゆれ、かごを落《お》としそうになった。

（おっと、あぶない）

さわ登《のぼ》りはあきらめ、もとの道へもどる。


「おいカンタ、どこ行くんだ」

「ああ、びっくりした。オオカミベロリくん、おはよう」

「おはようじゃないよ、どこ行くのかって聞いてんだ」

ベロリは、いばっていう。

「モンちゃんちです」

「サルのモンチか。何しに行くんだ」

「今日《きょう》はモンちゃんのおたんじょう日。それで、ケーキをやいてとどけるの」

「そのプレゼントは、おいらのいただき。おいらも今日《きょう》がたんじょう日なんだぞ」

カンタはこまった。

「君《きみ》には、また今度《こんど》やいてあげるよ」

「一分だって待《ま》てないね。あいつよりおれさまが年上なんだぞ。先にもらうのが当たり前だ。さあよこせ」

ベロリは両手《りょうて》を広げ、とおせんぼする。

いそぐカンタは、頭のさらに指《ゆび》で丸をかきながら、

「パットヒラメーケ、ピカキメール」

じゅもんをとなえた。いい考えがうかび、ありったけの声で歌う。

ことり、ことり
あとみろ　さきみろ
あかいひをふく　てっぽうが
しげみのなかから　のぞいてる
にげなきゃ　いのちが　あぶないぞ

「なに？　てっぽうだって！　どこだ、どこだ」

かりゅうども、ずどんも大きらいなベロリは、頭をそらし、あたりをきょろきょろ見回した。

そのすきにカンタはにげた。

「うっ、だましたな。こらっ、待《ま》てっ」

ちくしょう、ばかったれ、ぼけなすのおたんちん、とどなりながら、ベロリは追《お》いかける。

カンタは思い切り走った。

でもクマザサが道をふさいでうまく走れない。ベロリの、はあはあいういきが、後ろにせまったとき、運悪《うんわる》く木の根《ね》っこにつまずき、すってんころりん。

「助《たす》けて！　テングさーん！」

カンタは思わず、テングをよんだ。

ベロリは追《お》いつき、カンタのかごを引ったくると、走ってかくれた。

しげみにとびこみ、ケーキをとり出したベロリの鼻《はな》を、あまいにおいがくすぐる。

へっへっへっ　ひっひっひ
きょうは　おいらの　たんじょうび

だれも　いわっちゃ　くれないが
よこどりケーキは　うまそうだ
へいほー　やっほー　やっほっほー

がぶりとケーキに食《く》らいつくと、がぎっと、へんな音。

「いててて、いったいぜんたい、こりゃ何なんだ」

見るとケーキは岩のかけら。前歯《まえば》が折《お》れそうなほどいたかった。

「カンタのやつめ、ケーキにまじないかけやがったな」

かっとなったベロリは、目をつり上げカンタをさがした。

うすぐらい森から、明るいテングだいらに、たどりついたカンタが、後ろをふりむくと、ベロリのすがたが、ちらりと見えた。

カンタはすばやく、テング岩のかげにかくれる。

「あいつ、どこへ行きやがった。おかしいなぁ。たしかにこっちへ来たはずだ」

ベロリが、ぶつぶついったとき、さっと風が立ち、黒いころもをひるがえしたテングが、ひらりと目の前に、まい下りた。

「あっ、テングさん、よいお天気で」

「朝のさんぽかい?」

「えっへへっへっ。ちょっくら、ぶらついていて、カンタに会ったんで、おにごっこしてるうち、あいつどっかに、かくれたんでさぁ」

すると岩かげから、カンタがとびだし、もんくをいう。

「うそだい。ベロリ君《くん》、ケーキを横取《よこど》りしたくせに」

「テングさんに言いつけるなんて、きたねえぜ。ならおいらもいうよ。テングさん、カンタってひどいよ。岩のかけらをケーキだなんてだまして、おいらのじまんの前歯《まえば》が、折《お》れそうだった」

テングは、からからと高わらいした。

「岩ケーキにしたのは、わしだよ」

「うひゃー」

ベロリは、目を白黒させる。

カンタは、ぴんと来た。

(テングさんは、大杉《おおすぎ》の高いところから、ぜんぶ見てたんだ。ぼくが呼《よ》んだので、気づいてくれたんだ)

そこでカンタはゆうきを出して、ベロリにいう。

「この間、テングだいらのうんどう会で、行進《こうしん》の先頭を、じゃんけんで決めたよね。ベロリ君まけたのに、おれが一番だって、モンちゃんをけっとばした。

あんなのひどいよ」

ベロリは、歯《は》をむきだした。

「一番強いものが、先頭になって、何が悪《わる》いんだ」

「じゃあ、じゃんけんで決《き》めようってとき、なぜそういわなかったの」

ベロリは、ぐっとつまった。

いつでもどこでも何にでも、力まかせでやってきたのだ。

じっと　きいていたテングが、

「よしっ、口げんかはそれくらいにして、二人で力だめししてみたらどうだ。すもうとか」

カンタはしめた、と思う。父《とう》さんガッパがいたころ、よくすもうをとって、きたえてもらった。

ベロリはカンタなんかに負《ま》けるかと、自信《じしん》まんまんだ。

テングはうちわのえで土俵《どひょう》をかき、中にせんを引くと、うちわを高くあげ、よびだしからはじめた。

「西　オオカミベロリのスケ」

「東　カッパのカンタマル」

向《む》き合ってしこをふみ、地めんに手をついた二人は、はっけよい、のこった、のこったをはじめた。

ベロリは、とくいな足わざで、カンタをころがす。

「勝負《しょうぶ》ありぃ」

テングのうちわが、ベロリのスケに、あがった。

「もう一回」

カンタはくやしがり、仕切《しき》り直して、立ち上がるや、ベロリのまたを、す早くくぐり、しっぽをつかんで、ぐいぐい引っぱる。

「バックオーライ、バックオーライ」

「いててて、いたいよう。ずるいぞカンタ。後ろが見えねえや」

ベロリは、後ろむきのまま、よろ

よろと、やじろべえのように歩く。

カンタは、ここぞとばかり、土俵《どひょう》の中を引き回した。

「しっぽがちぎれるよう。こうさんだ」

とうとうベロリがひめいをあげた。

「勝負《しょうぶ》あり。東、カンタマルの勝《か》ち」

二人はへなへなと、土俵《どひょう》にへたりこんだ。

カンタはケーキをやくので、朝めしぬきなのを思い出し、

「おなかすいたね」

「おいらもはらへった」

「わしのテングライスをごちそうしよう。森のなかまをよんで来てくれるかい。手つだってもらおう」

「がってん、しょうちのすけ」

「テングさん、その前に、ケーキにかけたまほうをといてくれる？　モンちゃんとベロリ君《くん》の、たんじょう日パーティもしたいけど」

「おお、そうだな、いい考えだ。ちょっと待《ま》て」

テングは西を向《む》き、二本の指《ゆび》を立て、手のひらをしっかりくんだ。じゅもんをとなえ、ウームと気合いを入れると、うちわを投《な》げた。

すると、ベロリがすてたケーキがうちわにのって、ふわりふわふわ、てんぐ岩にもどってきた。

カンタもベロリも、目をみはる。

「さあて、わしもテングライスのしたくだ」

二人は、なかまをよびに、森のあちこちにすっとんだ。

やがて、サルのモンチほか、たぬき、きつね、あなぐま、のうさぎ、のねずみたちが集《あつ》まった。

かまどづくりや、たきぎ集《あつ》め、火おこしを、みんなで手つだい、テングライスづくりが始《はじ》まった。

おこめをいれて　かきまぜて
ワラビ　ゼンマイ　タケノコに
クルミ　マツノミ　ヨメナのは
こしょう　しょうしょう　しおぱっぱ
ぐつぐつ　にこむと　できあがり

いいかおりが、あたりにただよった。

「ベロリ君《くん》、モンちゃん、おたんじょう日おめでとう」

みんな、くちぐちにおいわいをいい、お日さまのにおいのするタンポポコーヒーでかんぱいした。

あちちち、ふーふーふきながら、テングライスを、はらいっぱいごちそうになる。

カンタがやいたケーキは、みんなで分《わ》けると、ひと口だったが、ほんのりあまくて、やさしい味《あじ》だった。

それからというもの、森のなかまたちは、だれかのたんじょう日がくると、テングだいらで、おいわいのパーティをひらくのが楽しみになった。

さかいめねこ

鈴木《すずき》や寸《す》のり

「てっちゃん、今度、何年生になった？」

大おばちゃんの大きなひとみが、ぼくの鼻《はな》さきに近づいた。花のようないいかおりがふわっとした。

ゴクンとつばをのみこんでから、ぼくは三年生と早口で答えた。

「また、楽しいことがふえるわねえ」

大おばちゃんがわらうと、ぼくをかこんで、パパもママもわらった。そこへ、まっ黒なかたまりがのっそりとあらわれた。ねこのグータンだ。

「あら、うちのいい子も出てきた」

大おばちゃんが、だきあげると、グータンは、うれしそうにグフグフ鼻《はな》をならした。

「あなたのいとこが来てくれたわよ」

黒光りした毛なみの大きなねこ。頭のてっぺんからしっぽの先まで、まっ黒け。

これがぼくのいとこなんだって…。

「さあさあ、あがってちょうだい。ちょうどまんかいなのよ」

大おばちゃんの家の玄関《げんかん》を上がると、すぐ左におうせつ間がある。そのへやのはり出しまどから、日当りのいい小さな庭《にわ》が見える。そこにしだれ桜《ざくら》の木が一本植《う》わっている。

「まあ、お花のふん水みたい」

ママがまどべにかけよった。細くしなった、いくすじものえだに、玉のようにさいた花がびっしりとぶら下がっている。

「ながめもいいけど、一番の楽しみは、かあさんの味《あじ》なんだよなあ」

パパは、テーブルにならんだごちそうの前にすわりこんだ。

大おばちゃんは、パパのおばさんにあたる。早くに両親をなくしているパパは、大おばちゃんのことをかあさんってよんでいる。そうすると、ぼくにとっては、おばあちゃんということになる。でも、それはない。ぜったいにない。かみの毛はそめずに、まっ白だけど、おばあちゃんには見えないからだ。

音楽をかけながら、空色の軽自動車《けいじどうしゃ》ですいすい出かけていく。ダンスも習《なら》っていて、首すじやせすじがぴんとのびている。ひっつめのヘアスタイルもよくにあう。だから、ぼくは、おばあちゃんじゃなくて、大おばちゃんって、よんでいる。

大おばちゃんはけっこんせずに、わかいときから、ずっとひとりぐらしだ。今は黒ねこのグータンといっしょにくらしている。子ねこのときにひろわれたグータンは、家の外には出たことのない、だいじなひとりっ子なんだって。

実は、ぼくもひとりっ子。その上、うちのパパもママもひとりっ子ときている。だから、大おばちゃんは、グータンをぼくのいとこだなんてかってに決めて、楽しいわねって、いつもわらう。

ごちそうでおなかがいっぱいになると、パパは、たたみのへやで、ごろんと横《よこ》になったまま、ねてしまった。ママは台所《だいどころ》でかたづけをはじめた。すると、ソファにすわった大おばちゃんが、ティーカップをそっとおいて、グータンを指さした。

へやとろう下の間にグータンがねころがっていた。昼下がりの日ざしが当たって、まっ黒なからだが、ふわっとけばだって見える。

「いつも、いろんなさかいめにいるのよ」

「さかいめ？　グータンが？」

「そう、さかいめ。さかいめがいいみたい。あっちもこっちも見えて楽しいのかもね」

大おばちゃんは、いたずらっぽく、クスリとわらった。

「あらやだ、わたしも見られてたのかしら」
ママがおみやげのケーキをお皿《さら》にのせて運《はこ》んできた。

あしたから、大おばちゃんは、ぼくが住《す》む町の県立病院《けんりつびょういん》で、けんさ入院《にゅういん》することになっている。主《おも》に、血《ち》を調《しら》べるそうだ。もう何か月も、つかれやすくて、ダンスも休みがちだという。大おばちゃんがるすの間、グータンはうちであずかることになっていた。

その夜は、家族《かぞく》みんなで、大《おお》おばちゃんの家《いえ》にとまった。そして、よく朝早《あさはや》く、大《おお》おばちゃんとグータンをクルマにのせて、ぼくの家《いえ》へと向《む》かった。クルマでおよそ一時間。グータンは、大おばちゃんにしがみついたまま、ずっとなきどおしだった。

「いい子、いい子、グータンはいい子だよ」

大おばちゃんは、声をかけつづけた。

家につくとすぐ、大おばちゃんは、パパと病院《びょういん》に向《む》かった。取《と》りのこされたグータンは、玄関《げんかん》に上《あ》がるなり、長いしっぽをクルンと丸めて、ちょこちょこにげ回った。

ぼくの家はアパートの三階《さんかい》。大おばちゃんの家みたいに、かくれるすきまがない。最初《さいしょ》は座卓《ざたく》の下へ。そして、台所《だいどころ》から洗面所《せんめんじょ》へと、まるで大きなねずみみたいに、かけずり回った。さいごは、おしいれのすきまにとびこんで、うんともすんとも言わなくなった。ぼくは、おしいれのおくを　そっとのぞいてみた。くらやみの中に金色の光が二つ。こちらをじいっとにらんでいる。

その日は、声をかけても、えさでさそっても、何のへんじもなかった。

次《つぎ》の日も、その次《つぎ》の日も、グータンはすがたを見せなかった。そして、四日めの土曜日。ようやくグータンが出てきた。

それもそのはず、退院《たいいん》した大おばちゃんが、パパのクルマに乗《の》って帰ってきたからだ。

「グータン、グータン、いい子はどこ？」

玄関《げんかん》で大おばちゃんの声がひびくと、ゴロンと大きな音がした。まるでボーリングの球《たま》みたいなスピードで、グータンがころがり出てきた。そして、何度《なんど》も何度《なんど》も大おばちゃんに顔をこすりつけて、グフグフ鼻《はな》をならした。

「よかったわね、てっちゃん」

ママが、くしゃくしゃの顔でぼくを見た。パパの顔もくしゃくしゃになっていた。

「あなた、ちょっと軽《かる》くなったかしら」

大おばちゃんはグータンをだきあげると、赤ちゃんをあやすみたいに、せなかをぽんぽんたたいた。そして、からだをゆらしながら、いい子、いい子、と何度《なんど》も言った。そのたびにグータンは大きな鼻息《はないき》をたてて、のどをゴロゴロ、ゴロゴロいわせた。

「はい、今度《こんど》はてっちゃんもだっこしてあげて」

大おばちゃんにしがみついたグータンに、そうっとうでをのばしてみた。すると、ぼくのかたをグンとひとけり。グータンは、台所《だいどころ》へとすっとんでいった。

「まあまあ、おぎょうぎのわるいこと」

えさをほおばる音が、ぼくたちのいる玄関《げんかん》までひびいてきて、みんなで大わらいした。

血《ち》のけんさのあと、大おばちゃんは、しばらくの間、ぼくの家にいることになった。ちょっとのかぜもひいてはいけないらしい。外出はさけて、家の中でゆっくりしているようにというしんだんだった。

ぼくのへやで、大おばちゃんとグータンがねて、ぼくはパパとママの間で、川の字になってねた。小さいときに、ぎゃくもどりだ。ごはんの時には、座《ざ》たくの横《よこ》に小さな丸テーブルをつぎ足した。大おばちゃんの作った料理《りょうり》がならぶようになって、パパは大よろこびだった。

トイレやおふろも、じゅんばんまちになった。しずかだったぼくの家は、きゅうくつだけど、とってもにぎやかになった。ママがパートでいなくても、おかえりといって、大おばちゃんがぼくを待《ま》っていてくれた。

でも、問題《もんだい》はグータンだった。新しい場所《ばしょ》でのくらしに、なかなかなれない様子《ようす》だ。

ある晩《ばん》のこと。その日は、人気ドラマのさいしゅう回。パパもママも大おばちゃんもテレビ画面《がめん》にくぎづけだった。ぼくはねころがって、ゲームで遊《あそ》んでいた。

だれかに見られている気がして、ふと顔をあげると、大おばちゃんのひざの上にグータンがいた。でも、グータンは知らん顔で大あくびをした。

何かあやしい。今度《こんど》は、ゲームをしているふりをしながら、グータンをちらりとのぞき見した。いっしゅんだけど目があった。

金色に目玉を光らせたグータンは、こっちのはしから、あっちのはしまで、ぐるりと見はっている。トランプのとくいなパパみたい。知らん顔して、こっちの手の内も、あっちの手の内も全部《ぜんぶ》お見とおしという感《かん》じなのだ。

それからというもの、ぼくはグータンをかんさつした。大おばちゃんが言ったとおり、グータンはいつでもさかいめにいた。ぼくのへやと玄関《げんかん》のさかいめ、おふろ場と洗面所《せんめんじょ》のさかいめ、台所《だいどころ》とリビングのさかいめにいることもあった……。

夏休みのある日のこと。まどべにいるグータンを指《ゆび》さして、大おばちゃんがそっと耳うちしてくれた。

「外を見ているようで、耳はこっちを向《む》いているでしょ。内と外のさかいめにいるのよ」

「グータンのさかいめって、いろんな所《ところ》にあるんだね」

ぼくらの話が聞こえたのか、グータンは、からだを弓のようにそらせて、のびをした。それから今度《こんど》は、大おばちゃんとぼくのさかいめにやってきて、ゴロンと横《よこ》になった。

「あらあら、甘《あま》えんぼうね。てっちゃんがだっこしてみる？」

せなかの方から、そおっと両手《りょうて》を入れて、ぐっとかつぎあげた。ぼくのかたに、グータンのおなかがのっかった。ずっしり重《おも》くて、あったかい。長いしっぽでぼくの顔をなでてきた。顔は見えないけど、グフグフという鼻息《はないき》が聞こえてきた。

そのうち、ぼくは気がついた。グータンは、ただ、さかいめにいるだけじゃない。

レーダーみたいに、耳を三角にとがらせて、天井《てんじょう》のはしをじいっとにらむ。耳の中のうぶ毛を使《つか》って、ぼくにはまるで聞こえない、かすかな羽音《はおと》までかき集《あつ》めているようなのだ。

それだけじゃない。アンテナがわりにのばしたひげを、チロチロ回してから、グフグフとうなずいてみたり…。小さなほっぺたをふくらませて、わらったような顔をしてみたり…。どうやら、グータンは、さかいめのあっちともこっちとも交信《こうしん》しているらしいのだ。ぼくのしせんに気がつくと、グータンはいつもの知らん顔で、大あくびをした。

真夏《まなつ》の暑《あつ》さは、九月のおわりまでつづいた。ところが、十月に入ると急《きゅう》に寒《さむ》くなった。そのせいかもしれない。大おばちゃんが、かぜをこじらせて入院《にゅういん》してしまった。

「あんなに気をつけていたのにね」

病院《びょういん》の待合室《まちあいしつ》でママがパパに言った。

「でも、すぐによくなるでしょ?」

ぼくもパパに話しかけた。

「それはもちろんよ」

だまったままのパパにかわって、ママが答えた。

「今夜は、おべんとうを買って帰ろうか」

パパのていあんだった。るすばんしているグータンのために、ちょっと高いねこ用かんづめも買ってくれた。

「グータン、ただいま」

ママが玄関《げんかん》の電気をつけると、げたばこのすみにグータンがうずくまっていた。玄関《げんかん》のたたきにぴったりとおなかをおしあてて、ぼくの顔を見あげている。

ぼくは、両《りょう》ひざをついて、グータンをだきあげた。そして、大おばちゃんがするみたいに、ひえきったからだを何度《なんど》も何度《なんど》もさすってあげた。グータンはしがみついたまま、おとなしくしていた。

「あっ、ゴロゴロ言ってる」

グータンの顔をのぞきこんでママが言った。

「いとこじゃなくて、兄弟になったかもな。それとも親友《しんゆう》かな」

パパは、ぼくとグータンの頭を両手《りょうて》でごしごししながら、うれしそうな顔で笑った。

十二月になっても、大おばちゃんは入院《にゅういん》したままだった。

「グータンがいるから、だいじょうぶよ、てっちゃん！」

大おばちゃんは、ベットに横《よこ》になったまま、ぼくをじっと見た。

「本当に、だいじょうぶなの？」

ぼくがきくと、それには答えず、ちょっといたずらっぽい目でわらった。

冬休みが来て、あっという間の大みそかだった。いつもは、みんなで夜ふかしする晩《ばん》も、早めにねた。パパもママもぼくも、おまつりさわぎのテレビなんか見たくなかったからだ。

真夜中《まよなか》のことだ。ぼくはおしっこで起《お》きた。大おばちゃんが入院《にゅういん》してから、ぼくはまた自分のへやでねるようになった。でも、グータンは、どこかにもぐりこんでしまうのか、ぼくのへやには、来てくれなかった。

トイレから出ると、まっくらなリビングから、何か音がした。近づいてみると、グータンがいた。耳を三角にとがらせて、まどの外に向《む》かって、ムニャムニャとうなずいている。

除夜《じょや》のかねが聞こえてきた。今がちょうど一年のさかいめだ。まっくらな夜空に、氷《こおり》のような星がつめたく光っている。

「大おばちゃんにも聞こえているかな？」

そう話しかけた時、グータンは、もうそこにいなかった。また、どこかに行っちゃったんだな。からだがひえないうちに、ぼくはあわてて、ふとんにもぐりこんだ。

グフグフ…。

耳もとで鼻息《はないき》がした。目ざまし時計《どけい》は、四時半をさしている。

「なんだ、グータン来てくれたのか！」

金色のひとみで、ぼくをじっとのぞいている。ちょいっと、ふとんを持《も》ち上げてやると、グータンは、のっそりもぐりこんできた。

あれっ！　こんなに寒《さむ》い明け方なのに、グータンの毛皮《けがわ》は、ホカホカしている。まるで、だれかにだっこされていたみたいだ。

お正月がすぎて、寒《さむ》いきせつが明けても、大おばちゃんは、もどってこなかった。

それから三年後…。

ぼくにとっては、小学生と中学生のさかいめの春休み。ぼくたち家族《かぞく》は、大おばちゃんの家にひっこした。

はり出しまどにおかれた写真立《しゃしんた》ての中で、大おばちゃんがわらっている。まどの向こうには、しだれ桜《ざくら》がまんかいだ。

グータンは、まどべにとびのると、顔を写真立《しゃしんた》てにすりよせた。そして、こっちをふり返《かえ》り、合図《あいず》をするように目を細《ほそ》めた。

ぼくはグータンをだきあげて、目をつぶった。ゆっくり息《いき》をすいこむと、あの、花のようなにおいがする。目をあけたしゅんかん、

「楽しいわね」

大おばちゃんのわらい声がひびいた。

深山《みやま》行きバスのお客《きゃく》さん

井上《いのうえ》一枝《かずえ》

入口
○□△バス

急《きゅう》な坂道《さかみち》をバスはあえぎながらのぼっていた。

「かあさん。深山《みやま》へ行ったらほんとうにぜんそくがなおるの？」

ユキは、こみあげるセキをおさえながら、かあさんの顔をのぞきこんだ。

「えっ？」

とろんとした目でかあさんは、ユキのほうを見た。

「あー、もう深山《みやま》についたの？」

ユキは、だまって首を横《よこ》にふった。

すると、かあさんの目がふわりとゆれた。でも、すぐにまた目をとじてしまった。

かあさんの目にはユキの顔は映《うつ》っていないらしい。

つかれきってしまった、かあさん。

急《きゅう》にとうさんがいなくなって、おさまっていたはずのユキのぜんそくが、またひどくなってしまった。

(きっと、わたしのせいでつかれちゃったんだ。ごめんね、かあさん)

ユキは、小さなためいきをのみこむ。

「深山《みやま》ほど、いいところはないよ」

いつもじまんしていた、かあさん。

バスは、そのふるさとへ、山をいくつも越《こ》えていた。

「あそこなら、ぜったいユキのぜんそくをなおしてくれる。かあさんには、わかっているんだよ」

二人になってしまって、ユキのぜんそくもひどくなり、ふるさとへもどる決《けっ》心《しん》をしたかあさん。

都会《とかい》で生まれたユキは、コンクリートの道だって、かあさんほどきらいではない。

それより、雨でぬかるんでどろんこになった道なんか歩くのは、だいきらいだ。

「わたしたちは、どんなことにも決《けっ》して、なれすぎてはいけないんだよ」

かあさんは、いつもそういっていた。

「こんな、キンキラの光の海みたいな夜は、ほんものの夜じゃないんだよ」

と、なげいていたかあさん。

でも、ユキは、遠くから見るとうっとりするくらいきれいな夜だと思っていた。

だって、生まれてからずーっと、見ていた夜だから。

ゴトンと、バスが大きくゆれた。

目をさましたかあさんが、窓《まど》をあけた。

夕焼《ゆうや》け空《ぞら》に、山並《やまな》みが赤くそまっていた。

「そろそろ深山《みやま》へ入ると思うよ」

そういいながら、窓《まど》から顔を出した。

「う、うー。山が……」

いきなり、かあさんがうなりごえをあげた。

「どうしたの？」

ユキは、あわてて窓《まど》の下を見た。

木がなぎたおされて、赤茶《あかちゃ》けた山はだが丸出しになっている。その林は、山の奥《おく》へ続《つづ》いているらしい。

「こんな山奥《やまおく》まで、まるはだかにしてしまうなんて……信《しん》じられないよ」

かあさんは、やせた肩《かた》で小さく息《いき》をしていった。

「ここにはもう、かあさんのふるさとは残《のこ》っていないかもしれないね」

バスは、ゴトン、ゴトンゴトと止まりそうになりながらやっと走っていた。

しばらくすると、いきなりギギーッ、ときしんで止まってしまった。

やっと、長い一日が終《お》わりそうだと思っていたユキは、うれしくなってからだを起《お》こした。

寝《ね》ていたはずのかあさんが、うす目をあけていった。

「ここから、もっとキツイ上り坂《ざか》になるから、休みながら行くの。深山《みやま》は、もうちょっと奥《おく》だよ」

ユキは、がっかりした。

でも、がまんしてまた目をつむった。

しばらく、ユキは、うとうとしながら、動《うご》き出したバスといっしょにゆれていた。

気がつくと、ユキのまわりにほの暗《ぐら》いあかりがもれていた。

青白《あおじろ》い炎《ほのお》が、ポッポッ、とあちこちに浮《う》かんでゆれていた。

たしか、終《しゅう》バスには、ユキとかあさんしか乗《の》らなかったはずなのに……。

すると、あえぎながら走っていたバスの音がひたひたと静《しず》まりだした。

へんだな、と思っていたら、何かがすーっと、ユキのせなかのあたりを通りぬけていった。急《きゅう》に、なまあたたかい空気がひたりと首のまわりにはりついた。

ユキは、せきこみそうな口をおさえて、かあさんの肩《かた》をゆすった。

「ねえ。なんだか、こわいよー」

うす目をあけたかあさんは、

「だいじょうぶ。終点《しゅうてん》はまだだよ。バスがとまるまでねていていいんだよ」

そういうと、また目をとじてしまった。

こんなとき、とうさんだったら、ユキのどんな言葉《ことば》でもじっと聞いてくれたのに。

大きな腕《うで》のなかに、しっかりだきしめてくれて、ユキが話し終《お》わるまでだまって聞いてくれたのに。

ユキは、自然博物館《しぜんはくぶつかん》の中にいるとうさんのことを思った。

でも、あまり思い続《つづ》けているとなみだが止まらなくなってしまうので、大好《だいす》きなサキちゃんのことを考えることにした。

きのう、さようならしたばかりのサキちゃん。元気印《げんきじるし》の丸い顔がうかんできた。

サキちゃんと夜になるのをまってでかけた大きな団地《だんち》の中の公園。

ブランコにのって、天までとどけ、なんていってこぎっこをしてあそんだ。

でも、元気なサキちゃんが、このまえ、天までとどきそこなって、公園の砂《すな》場《ば》に落《お》ちてしまった。

あのときは、ほんとにびっくりした。

こわくなって、いっしゅん、ユキは目をとじていた。

それから、そうっと目をあけてみたら、サキちゃんが、ヒョンと砂《すな》の上に立っていた。

「へ、へ、まほうをつかったんだ。知っていたユキちゃん」

なんていいながら、にこにこしているんだから。

「ユキちゃんは、ぜんそくだから、しかたないよ」

と、いつもなぐさめてくれたサキちゃん。

いつだって、そうっとかけたり、そうっとブランコをこいでいた。

そんなことばかりしていたから、ユキのからだから元気のもとがにげだしちゃったんだ、きっと。

でも、深山《みやま》でくらしたら、サキちゃんみたいに元気になれる。そしたら、またサキちゃんとあそぶんだ。

だけど、どうしてユキばかり人なみにぜんそくになんかになっちゃったんだろう。

そう思ったとたん、コホコホ、なんだかむねがくるしくなってきた。

バスは、走ったり、止まったりしながら山を上り続《つづ》けていた。

窓《まど》の外は、まっ黒な固《かた》まりが重《かさ》なっていた。

(かあさんの大好《だいす》きなほんものの夜だね)

ユキは、声をかけようとしたけどやめた。

コホコホ、コホコホ、

たてつづけにセキがとまらなくなった。

「ユキ、だいじょうぶかい？」

かあさんが、せなかをさすってくれた。

セキがすこしおさまると、バスのあちこちから、ホ、ホ、コホコホ、とへんな声がしているのに気がついた。

「ねえ、かあさん。わたしのセキとちがうへんな声が聞こえない？」

「へんな声ねえ」

かあさんは、そういいながらユキの肩《かた》に自分のひざかけをそっとかけてくれた。

窓《まど》の外には、カマのようなお月さまがのぞいていた。

青白《あおじろ》い月夜は、こおりついたように静《しず》まっている。

シュー、コトコト
シュー、コトコト

バスがゆっくり息《いき》を吐《は》くようにして止まった。

ホッ、ホッ、ホー。

のりつけ、ほーせ、ホッホッ、ホー。

ひくく、今度《こんど》は、はっきりとした声が、あちこちからしてきた。

　サワサワ

　ヒソヒソ

あたりの空気が、バスの出口《でぐち》に動《うご》き出す気配《けはい》がした。ユキは、こわくなって、かあさんの腕《うで》にしがみついた。

「ああ、なつかしい声を聞いたわ。明日《あした》はいい天気だって。教えてくれてありがとう」

かあさんは、だれにいうともなく、そういっていた。

「ねえ、かあさん。どうしたの？」

「ふ、ふ、ふ。わたしたちのなかまがたくさん、バスにのってきたらしいよ。よかったね。ユキ」

急《きゅう》に元気になったかあさんの声に、ユキはびっくりした。

バスをおりたとたん、かあさんの目が薄闇《うすやみ》にキラッと光った。

すると、わきから黒い影《かげ》がすーっとよってきた。

「明日《あした》は、おせんたくびよりですよ」

と、ささやいた。

「ええ、ええ。パリッとのりをきかせてほしましょうか」

かあさんの声がはずんでこたえた。

「ひさしぶりで、自信《じしん》がなかったんですが、だんだんこう、うきうきしてきましてねえ」

「ほんとですねえ。深山《みやま》の森がわたしたちを、元気にしてくれるんですよ」

ホー、ホー、

のりつけほーせ、ホー

力強い声が、あっちからも、こっちからも、ユキの耳にはっきりと聞こえてきた。

カマのような月の向《む》こうに深《ふか》い森がくっきりと見えた。

みんな、うたいながら、飛《と》ぶようにその森をめざして走って行った。

やがて、その声は細《ほそ》く糸を引くように森の奥《おく》へすい込《こ》まれてしまった。

「ねえ、かあさん。さっきのおじさんは、もしかして、ふくろう?」

「やっとわかったかい。むかしから、ふくろうは、明日《あした》の天気を教えくれるんだよ」

「深山《みやま》の森でいっぱいともだちができそうな気がしてきたわ」

かあさんは、ユキの手をとってうなずいてくれた。

草やぶにそうっと、ユキは足を入れてみる。土も草もひんやりと夜露《よつゆ》にぬれていた。

とうさんはいまごろ、人工林の中で剥製《はくせい》になって眠《ねむ》ったままなんだ。そう思ったら、ユキは急《きゅう》にかなしくなった。

「かあさん。ほんものの夜と、ほんものの森で、とうさんと三人でくらしたかったね」

かあさんは、返事《へんじ》のかわりにだまってユキの手をにぎってくれた。

そのとたん、一ケ月前《いっかげつまえ》のできごとがユキの目にうかんできた。

雨つぶに光っていたとうさん。

そのからだのすみずみまでしっかりと、ユキの目の中にしまいこんである。

あのどしゃぶりの雨の道路《どうろ》が、くっきりうかんできた。

大きな雨つぶが、目をとじてもユキを追《お》いかけてくる。

あんなに用心深《ようじんぶか》いとうさんが、近道をして、コンクリートの道に飛《と》び出してしまった。夜中にわたしが、ひどくせきこんだために、せきどめ草《ぐさ》をとりに走って行こうとして……。

かあさんが、だまってユキの肩《かた》をだいてくれた。

「空気がおいしいねえ。ユキ、ここならだいじょうぶ。ぜんそくは、きっとなおるよ」

かあさんの声がはずんでいた。

ユキは、うなずきながら、勇気《ゆうき》を出してスキップをしてみる。

「ほら、見てー、かあさん。

ユキも元気印《げんきじるし》になれそうな気がしてきたわ」

母と子のタヌキは、深山《みやま》の森をめざして歩いて行った。
ゆらゆらと、大きなしっぽと小さなしっぽをからませながら。

ぼくたちの背《せ》守《まも》り

あらい れい

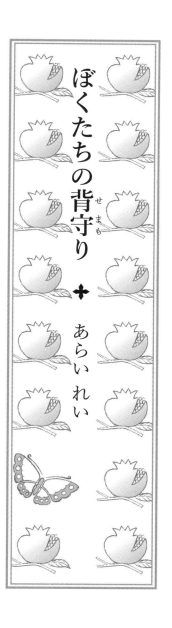

晴れた五月の金曜日。かあさんとばあちゃんが、そうだんなしで部屋《へや》のもようがえをした。

とうさんは、反対《はんたい》したみたいだが、ＰＴ《ピーティー》（ポータブルトイレ）を、ベッドの足元においた。

かいご用品《ようひん》のパンフレットで見たのだ。ふつうのいすにしか見えない。すわるところを上げ、ふたをあけるとトイレ。

ベッドの横《よこ》でおしっこか。

トイレは自分で歩いて行くと、いつも言うはなさんは、使《つか》いたくないだろうな。思った通りだ。マサトの目の前で、ＰＴ《ピーティー》にバスタオルをかけてしまった。はなさんはその日、トイレ以外《いがい》、部屋《へや》から出て来なかった。

マサトの家は四世代同居《よんせだいどうきょ》だ。男はとうさんとマサト。てっぺんがはなさんだ。気になってのぞいて見た。はなさんは、以前《いぜん》、マサトに見せてくれた小さな着物《きもの》を広げていた。はなさんのおかあさんがぬった百年前のものだ。百年なんて考えられない。

着物《きもの》の背中《せなか》には、きれいな色糸で蝶々《ちょうちょう》がとんでいた。

はなさんの背守《せまも》りだと聞いた。

「大人の着物《きもの》の背中《せなか》には、ぬい目があるでしょう。でも、子ども用はぬい目がないの。ぬい目がないと魔《ま》がさすと言ってね。ほら、目がないからにらみかえせないでしょう」

「ふーん。魔《ま》がさすなんて、悪魔《あくま》がくるの？」

「そうね。そう信《しん》じてたのね。子どもの命《いのち》は神《かみ》さまからおあずかりしてるの。それを守《まも》るのは親でしょ。でも、七才くらいまで元気に育《そだ》つ子は少なかったのよ。まずしくても、一番いいものは子どものために使《つか》い、いろんな工夫《くふう》をしたの」

それが背守《せまも》りなんだって。

ずっと前、はなさんに教えてもらった。

その時はよくわからなかったけど。

はなさんのいすが、あいたままの夕飯《ゆうはん》はへんな感《かん》じだった。

ばあちゃんがよびに行っても、とうさんがのぞいてもだめ。

「みんなと食べようよ。はなさんのすきなお刺身《さしみ》だよ」

マサトがよびにいっても、

「まあ、ざんねん。でも、おなかってすかないものね。心配《しんぱい》しないでね」

と、言うだけだった。

「部屋《へや》も体も楽《らく》にと思ったのに。PT《ピーティー》はそんなに気にいらないものなのかしら」

ばあちゃんたちは、元気のない声だ。

夜はいつも、ばあちゃんか、かあさんが交代《こうたい》でトイレにつきそう。ところが、おとといは、ひとりで行こうとしたはなさんが、転《ころ》びそうになった。

なんとか間にあったけど、ばあちゃんたちは、自分の体力と年を考えてしまったようだ。ふたりで、そうだんしてPT《ピーティー》をおくことに決《き》めた。

「もう少し、はなさんのためには、どうすればいいか考えてみようよ」

うでぐみしながら、とうさんがうなずいている。

「はなさんは、ストライキ？」

「マサト、ストライキ知ってるの？」

「以前《いぜん》、はなさんに聞いたよ。自分の思いを自分のやりかたで通すことだって。ぼくにはできないと思った」

みんな、少しずつ無理《むり》をしているような時間だった。

ねる前、はなさんの部屋《へや》をのぞいたら、

「ありがとう、おやすみ」

声がした。

その夜、はなさんと、トイレに行くばあちゃんの声に、マサトは、ねがえりをうった。


土曜日、マサトは親友《しんゆう》のショウとサッカーの試合《しあい》を見るやくそくをしていた。

ショウは一年生から四年までいっしょだから、マサトの家族《かぞく》のことはよく知っている。

自転車《じてんしゃ》に乗《の》ったまま、昨日《きのう》のことを話した。

「はなさん、落《お》ちこんでるだろうな」

ショウはあわてて、自分の自転車《じてんしゃ》を起《お》こしながら言った。

ショウが、マサトのポロシャツの背中《せなか》のししゅうをさわりたがったのは、一年生の夏休みだった。はなさんは、うれしそうにマサトの背守《せまも》りを見せていた。それから、ごく当たり前にショウのポロシャツにも背守《せまも》りをつけてくれるようになった。はなさんとショウは、すごい年の差友《さ》だちだ。

「せんぱいのサッカーは、いつでも見られるだろ。はなさんのところに行くぞ」

ショウの自転車《じてんしゃ》は、もう、走り出していた。マサトの家までの近道をいくつもりらしい。

やぶれたかなあみに、まきついたツルと、クマザサがしげる横道《よこみち》をぬけた。すぐ前は駅《えき》までのうら道だ。

自転車《じてんしゃ》で大通りにとび出そうとしたとたん、マサトは、首をぐいっと、つかまれた気がした。空気が動《うご》いた。たしかに聞こえた。

(ばかもの、止まらんか)

ふたりは、同時《どうじ》にブレーキをかけた。駅《えき》の方からきたママチャリのおばさんも急《きゅう》ブレーキをかけた。カゴからとび出したながネギはタイヤの下だ。こわい。

ふたりは、きちんと自転車《じてんしゃ》を止めて頭を下げると、意外《いがい》とやさしい声が聞こえてきた。

「すみませんじゃ、すまないこともあるのよ」

「はい。気をつけます」

頭を下げたままショウがささやいた。

「はなさんのおかげだな」

首の後ろをおさえて見せた。背守《せまも》りのことを言ってるんだと、マサトもうなずいた。

「本当に気をつけるのよ。じこが多いんだから」

おばさんは、つぶれたながネギをかごにほうりこむと、力強く走り出していた。

声と、首をつかまれた感覚《かんかく》をのこして。

今日も、ふたりのポロシャツには、はなさんがつけてくれた背守《せまも》りがいた。やみをてらすという赤と、虫よけになる藍色《あいいろ》。二色の糸でそれぞれの名前ひと文字《もじ》『雅《まさ》』『翔《しょう》』が、背中《せなか》についている。

「うらがえしじゃないの？」

後ろからきたおばさんに、言われたことがある。

ながネギそうどうで、おそくなったふたりはうら口から入った。

「ショウが来たよー、はなさーん」

ショウはかってにはなさんの部屋《へや》に入っていく。マサトは麦茶を持《も》って部屋《へや》に急《いそ》いだ。

思った通りのはなさんの声がした。

「あら、どなた?」

「えっ、えー、お、おれショウ、ショウだよ」

「まあ、どちらの?」

マサトは、しょうじのすき間からのぞいた。はなさんはベッドにもたれてショウを見上げている。

ショウの横顔《よこがお》は、口をポカンとあけたままだ。

「ただいまー。お茶の時間だよー」

わざと、音を立てて部屋《へや》に入ったマサトに、

「マサー、マサトォ、おれのこと、だれだって」

ショウは、ふり向きながら、なきそうな声をだした。

はなさんの口元は、今にもわらいだしそうだ。

「はなさん。ショウをからかっちゃやだめだよ」

「ごめん、ショウ君《くん》ごめんなさいね。家族《かぞく》に年よりあつかいされたからちょっとね」

「えーっ、なに？　やめてよ、はなさん」

たしかに、PT《ピーティー》おいたのはばあちゃんたちだけど、はなさんを思ってだよ。

ウーン、年よりあつかいと感じたのか。マサトは、わらいたいのをがまんし

た。

ショウは、PT《ピーティー》のバスタオルを見ながら、

「いやだからね」

はっきり言った。

「ごめん。あんたたちのことわすれるもんですか。そんなつらいことない。本当に悪《わる》かったね。ごめんよ」

「PT《ピーティー》なんていいよ。おれやマサの顔、わすれるなんていやだ」

はなさんの声はゆれて聞こえた。

「はなさんの年なんて、数えたりしたことないなあ」

ショウが言うと、

「だって、はなさんは、いつも、今が一番楽しいって言ってるよ。ねっ。ぼくたちの毎日に、きょうみしんしんしんなんだよね」

「はなさんが、テレビゲーム見ながら『わたしもやりたい』には負《ま》けるね」

マサトは、うれしそうなショウに、まっかなザクロの写真《しゃしん》を見せた。

「これ、いいだろ。はなさんとやくそくしてるんだ。背中《せなか》いっぱいにししゅうしてくれるって。はやりそうだろう」

ザクロの実はこぼれそうにみえた。

ショウは、それを見ると目をかがやかせて、

「おれもたのみたい。これ、いいよなあ」

と、言い出した。

「ぼくが、先に見つけたんだよ。おそろいなんていやだからね」

「マサトはいいよな。いつだってやってもらえるだろ」

「魔《ま》よけ、魔《ま》よけ、はなさんの魔《ま》よけ？　歌いながらT《ティー》シャツもってくるのだれだよ。ぼくのひーばあちゃんだからな」

マサトの声に、はなさんがわらいだした。

「あんたたち見てると楽しいね」

はなさんは、うれしそうだ。

「子どものころ思い出すわ。わたしはもう、ケンカしたくてもできないのよ。みんないなくなる。上手《じょうず》にケンカしたいね」

これケンカ？　ふたりにはいつものことだ。今日《きょう》は、ぜったいにゆずれないデザインだったからかな。

その時、ふたり同時《どうじ》にPT《ピーティー》を見た。

ふたりのモヤモヤは同じだったんだ。

やっと気持《きも》ちがはれた。


日曜日の午後、コーラとポップコーンを持《も》ってショウがやって来た。ディズニーランドで買った、トレーナーを着《き》ている。

背中《せなか》で大きなミッキーマウスが、ピースサインしているお気にいりだ。

はなさんも、ディズニーランドが大すき。家族《かぞく》で何度《なんど》も行った。とくにミッキーがすきで、ショウのトレーナーを見ると、うれしそうな顔になるんだ。

ふたりは、ばあちゃんから白いぬのをもらった。色糸の入ったさいほう箱《ばこ》もかりた。もちろん写真集《しゃしんしゅう》も。

飲《の》み物《もの》、お菓子《かし》もマサトの部屋《へや》に持《も》ちこんだ。

ばあちゃんたちは、ふたりで何を始《はじ》めるのか聞きたそうだったが、ドアをしめた。

まどから見える空はすんだ青。遠くに光をだいた雲がひとつ、ぽっかりとうかんでいる。

さて、何から始《はじ》めたらいいのか。

写真《しゃしん》は、見れば見るほどむずかしいのばかり。

少しふくらんだ、まっかなとうがらしは、かんたんそうだがむりだと思う。

はなさんの背守《せまも》りは蝶《ちょう》だけど、どう考えてもだめだ。

ぜったいとか、出来ないとか、かんたんに言うなと大人は言うけど。時間もない。むりはむり。と、いうことに……したくない。やるしかないよ。だんだんむくちになり、のどがかわいたのもわすれていた。

ショウが、とつぜん立ち上がった。

マサトが見上げると、ショウはトレーナーをぬぎ、つくえの上に広げた。

「おれたち、元気のもとになれる」

つぶやいたショウは、まよわずトレーナーにハサミを入れた。

ジャキンとひびいた音に、マサトの手がふるえた。

「ごめんな」

マサトが言うと、ショウは首をふった。切り取《と》ったミッキーをぬのの上におくと、ふたりでていねいにのばした。

はなさんがしていたように、まちばりで止めると、何でも出来る気がしてきた。

はりに糸が通らなくてわらい、指《ゆび》を見せ合ってわらった。

でも、手だけはちゃんと動《うご》いている。不思議《ふしぎ》な時間だった。

気がつくと、まどの外はすっかり夕ぐれ色だった。

ふたりで部屋《へや》をのぞくと、はなさんはねむっている。

そっと近よってみた。胸《むね》のところでタオルケットが動《うご》いている。ねいきもきこえた。

何だかホッとした。ばあちゃんやかあさんがいつも、気にしていることかもしれない。

「ぐぐふーっ」

大きくはいた息《いき》と同時《どうじ》に、はなさんは目をあけた。

子どもみたいな顔だ。

「あら、ふたりで……どうしたの？」

マサトとショウは、ぬのをぱっと広げた。

トレーナーから切り取《と》ったミッキーを、ぶちぶちとぬいつけてあるぬの。

ジグザグししゅうの大きな漢字《かんじ》は『翔《しょう》』と『雅《まさ》』

横《よこ》には『華《はな》さんへ』と、ちゃんとししゅうしてある。

「はなさん、これは背守《せまも》りで」「あのぅ、大人の背守《せまも》りで」「PT《ピーティー》にね」「かけてほしいなと」「かけて下さい」

ふたりはめちゃくちゃ言った。

これからは、はなさんを守るから。ものすごくたよりないと思うけど。

いつの間にかはなさんは、すわっていた。

ミッキーといっしょにピースサインをしてる。なきながら、わらいながらだ。

ドラマみたいと思ったとたん、ガラッと、しょうじがあいた。

ふりかえると、ばあちゃんとかあさんがにこにこしている。

「ショウ君《くん》、おかあさんに電話しておいたから、みんなで夕飯《ゆうはん》食べましょうよ。食べていってね。ねっ」

落《お》ち葉《ば》になる

チャウリー

ある森の中に立つ大きな木の下は、少年が泣《な》きたくなるときにやってくるところでした。

その木には、少年の背中《せなか》がぴたりと入るくぼみがありました。

少年は、そのくぼみによりかかっていると、うしろから木が体をだきしめてくれているような気がしました。それで少年は、安心《あんしん》をして涙《なみだ》を流《なが》すことができたのです。

ふとい木の幹《みき》は、何も言いませんでした。ただじっと少年の体をささえていました。

けれども細《ほそ》い枝《えだ》から顔を出している葉《は》っぱは、風にゆれながら少年が泣《な》くのを見てわらっていました。

「なさけないよな、いつも泣《な》いてばかりでさ」

「きっと、なにかあるたびに逃《に》げてくるんだ」

「おとなになっても、なんの役《やく》にもたたないぜ」

葉《は》っぱには夢《ゆめ》がありました。大きな夢《ゆめ》でした。

この山や森のために、世界《せかい》のために、地球《ちきゅう》にいる生きもののために役《やく》に立つようになりたい！

そんなことを思っていました。

葉《は》っぱは、時がすぎれば枝《えだ》からはなれて落《お》ち葉《ば》になります。地めんに落《お》ちた葉《は》っぱは、いつしかくさって栄養《えいよう》がいっぱいの土になります。土は、新しい木や草を成長《せいちょう》させて森の土台《どだい》となります。森は、川の水を美《うつく》しくして、きれいな空気を作りだすことができるのです。そしてその森は、動物《どうぶつ》たちのすむところになります。

たった一まいの小さな葉《は》っぱでも、とても大きなことができるはずだと信《しん》じていました。

だから葉《は》っぱは、少年が泣《な》いている姿《すがた》を見るたびに思っていました。

「おいらは、あんなやつとはちがう！」

葉《は》っぱは、落《お》ち葉《ば》になることは少しもこわくはありませんでした。こわいどころか、とてもうれしいことだと思っていたのです。

ある日少年は、いつものように大きな木のくぼみに体をうずめて泣《な》いていました。

「あいつ、また来たぜ。そばで泣《な》かれると、うっとうしいよな」

葉《は》っぱが、ザワザワともんくを言いはじめました。

そんな声を聞くことのできない少年は、目をとじたまま、うつむいてじっとしています。

少年は、体の中がまっ黒になっているような気持《きも》ちだったのです。その上、おなかの中や胸《むね》の中に、おもたい石ころがつまっているように感《かん》じていました。

葉《は》っぱは、泣《な》いたことなんてありませんでした。

「泣《な》いていたってなにも変《か》わりはしない。時間のむだだよ」

ときどき少年は、歯《は》を食《く》いしばりながら「うー」とか「あー」というような声をだしました。

「わけがわからないよ。言いたいことがあるなら、はっきりと言えばいいんだ」

しばらくすると少年の口から言葉《ことば》のかけらが、ぽたりぽたりとこぼれ落《お》ちてきました。

「くそっ……くそっ……なんなんだ……ばかやろう……くそっ……」

葉《は》っぱは、少年をバカにしたようにわらいます。

「だれに言ってるんだよ？　一人で文句《もんく》を言ってたって意味《いみ》ないのにさ」

その時です。少年が、とつぜんさけんだのです。

「ふざけるな！　あー、あー、あーーー！」

森の中に、弓矢がとんだように細《ほそ》くて強い風がふきぬけました。

すると一まいの葉《は》っぱが、風にゆれたかと思うと木の枝《えだ》からはなれたのです。

「うわっ！　まだ早いよ。とつぜんすぎるー」

葉《は》っぱは、ゆるりゆらりと静《しず》かにゆれながら落《お》ちていきました。


少年は、りょう手で顔をおおって、ため息《いき》をついています。

それから少年は、顔からはなした手を見つめながら、もう一度《いちど》大きなため息《いき》をつきました。

すると、そのりょうほうの手のひらのまん中に、ふわりと葉《は》っぱが落《お》ちたのです。

少年は、おどろいたようすもなく葉《は》っぱを見つめています。

おどろいたのは、葉《は》っぱのほうでした。

「なんだ、なんだ、なんなんだー？」

葉《は》っぱは、手のひらの中から少年の顔を見上げました。

少年の涙《なみだ》はもう流《なが》れてはいませんでしたが、ぼーっとした元気のない目が葉《は》っぱにむけられています。

「なんで、よりによって、こんなやつの手の

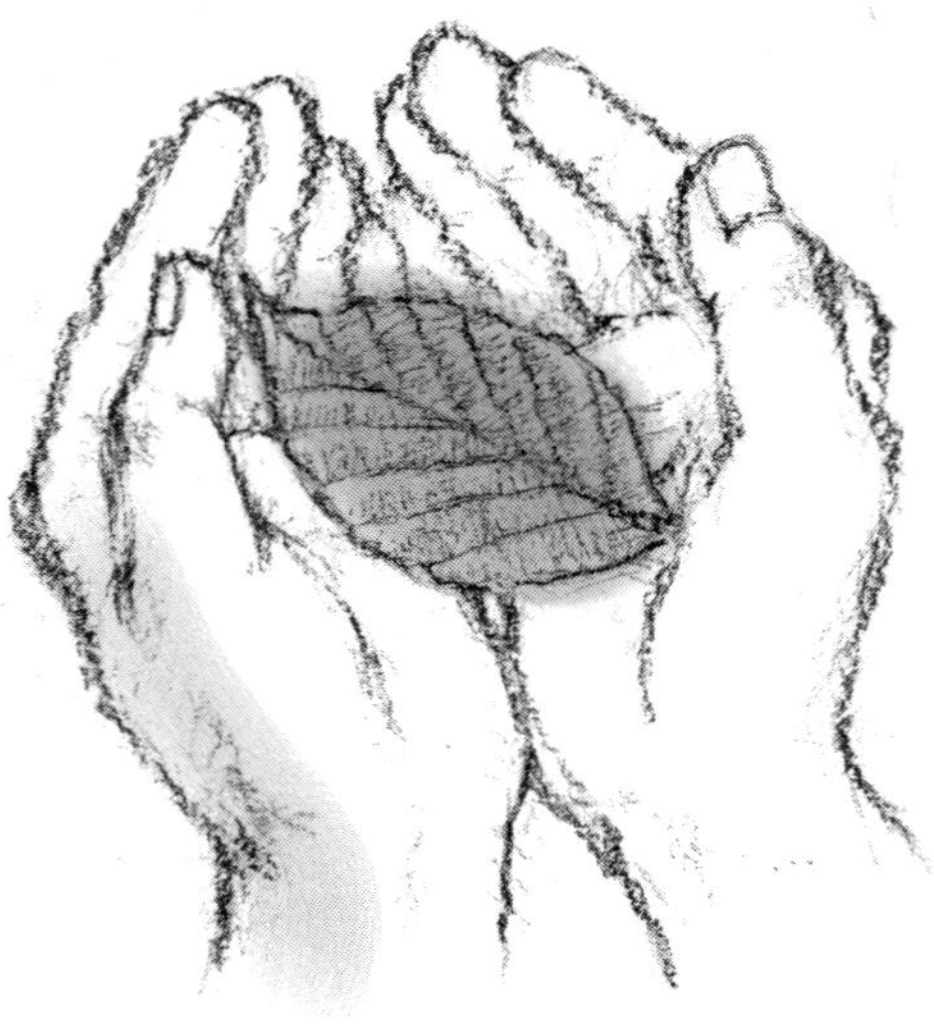

ひらの中に落《お》ちちゃったんだ」

するると少年が、気のぬけた声でつぶやきました。

「……落《お》ち葉《ば》じゃない……」

葉《は》っぱは、なにを言っているんだと思いました。

「おいら……落《お》ち葉《ば》だよ」

少年が、またつぶやきます。

「落《お》ち葉《ば》じゃない……」

「落《お》ち葉《ば》だよ！」

「落《お》ち葉《ば》じゃないんだ……」

「だから、おいらは落《お》ち葉《ば》なんだって！」

「地めんに落《お》ちていない葉《は》っぱだから……落《お》ち葉《ば》じゃない……」

「……おいら……落《お》ち葉《ば》じゃないのか⁉」

葉《は》っぱは、うろたえました。

木から落《お》ちたけれども地めんに落《お》ちなければ、完全《かんぜん》な落《お》ち葉《ば》にならないことに気がついたのです。

地めんに落《お》ちなければ、世界《せかい》のため、地球《ちきゅう》のために役《やく》に立《た》つことができません。葉《は》っぱの夢《ゆめ》は、泣《な》いてもさけんでも、かなうことはなくなるのです。

葉《は》っぱは、むだだとわかっていましたが、少年にむかってさけびました。

「おい、はなせ！　はなせよ！　おいらを地めんに落《お》とせ！」

すると少年は、葉《は》っぱをかたほうの手のひらにのせて、もうかたほうの手でなではじめました。

「おい、なにやってるんだよ。くすぐったい。よせ、よせ、よせったら」

少年の目は、今はもう、ぼーっとはしていません。

「ぼくのために……この葉《は》っぱは落《お》ちてきたんだ……」

「……ちがうよ……」

「ぼくのため……」

「だから、ちがうって。かんちがいするな！」

「ぼくの……お守《まも》り……」

「なんだよ、お守《まも》りって？」

「きっと……ぼくの味方《みかた》になってくれる」

「なんないよ。なるはずないだろ。ちっぽけなお前なんかにつきあってるひまはないんだよ。おいらは、大きな大きな地球《ちきゅう》のために落《お》ち葉《ば》にならなくちゃいけないんだから」

少年は、葉《は》っぱを上着《うわぎ》のポケットに、そっとしまいました。

「うわー、やめろ！　なにも見えない。出せ、出せ、出せ！　地めんに落《お》としてくれ。おいらを落《お》ち葉《ば》にさせろー！」

ポケットの中の葉《は》っぱは、太陽《たいよう》の光を感《かん》じることができませんでした。はっきりと音を聞くこともできません。時間がどれくらいすぎているのかもわからないのです。葉《は》っぱは、がまんができないくらいの不安《ふあん》な時間をすごすことになりました。

葉《は》っぱが、つぎにポケットの中で聞いた人の声は、あの少年の声ではありませんでした。

少年の友だちでしょうか？　何を言っているのかわかりませんでしたが、何人かの声が、ときどきポケットにできるすき間から聞こえてきます。

少年は、まったく話をしていないようでした。

それに少年が、あっちへ行ったりこっちへ行ったりして、ふらふらと動《うご》いているのが分かります。

しばらくすると少年は、つまずきでもしたのか転《ころ》んでしまったようでした。

少年は、立ち上がりませんでした。そのかわりに少年の手が、ポケットの中に入ってきました。そして、その手が葉《は》っぱにさわったのです。

するとポケットの中の空気が入れかわりました。同時《どうじ》に、少年の友だちかもしれない何人かの話し声が、葉《は》っぱに聞こえてきました。

「ばいきん！　おまえは、ばいきんだよ！」

「きったねー！」

「泣《な》け！　泣《な》いて『たすけてー』って言ってみろよ」

「ダメだよこいつ。泣《な》いたことなんかないもんな」

「泣《な》けよ、ばいきん！　泣《な》いてたのんだら、いいことがあるかもしれないぜ」

「なんだよ、その目。気にくわねぇな」

「だからやられるんだってことをわからせようぜ」

少年は、葉《は》っぱをにぎりしめました。

すると葉《は》っぱは、かさりと小さな音をたてて、少年の手の中でつぶれました。

葉《は》っぱは、もうなにも聞こえなくなりました。けれども少年がなにをされているのか想像《そうぞう》をすることはできます。だから、自分の体がつぶれてしまっても気になりませんでした。それどころか「もっと、もっと、にぎりしめてくれ」と思っていました。

少年は、話をしていた何人かが立ちさるまで、葉《は》っぱを強くにぎり続《つづ》けました。

葉《は》っぱは、自分の体の中がまっ黒になっていると思いました。そして体全部《ぜんぶ》が石ころになっているような気持ちでした。

「なにもできない……おいらには、なにもできやしないんだ……」

世界《せかい》のため地球《ちきゅう》のために役《やく》に立《た》とうなどと思っていた自分がなさけなくなりました。


少年は、葉《は》っぱをにぎりしめた手をポケットから出しました。それからその手を開《ひら》くと、くずれてしまった葉《は》っぱを見つめました。

「ありがとう……」

葉《は》っぱは、少年がなぜそんなことを言ったのか、理由《りゆう》がまったくわかりませんでした。

「……おいら、なにもしてないよ……」

「ぼくのために落《お》ちてきてくれた葉《は》っぱ……」

「なにもできなかったんだ……」

「ありがとう……そばにいてくれて……」

「……………」

「そばにいてくれただけでよかったんだ。ほんとうによかったんだ……」

少年は、だれかがそばにいてくれることが、こんなにうれしくて心強いことだということをはじめて知りました。

葉《は》っぱも、少年の顔を見上げながら、なぜだかうれしくなってきました。そして手のひらの中に横《よこ》たわりながら、少しだけ落《お》ち葉《ば》になることができたのではないかと思っていました。

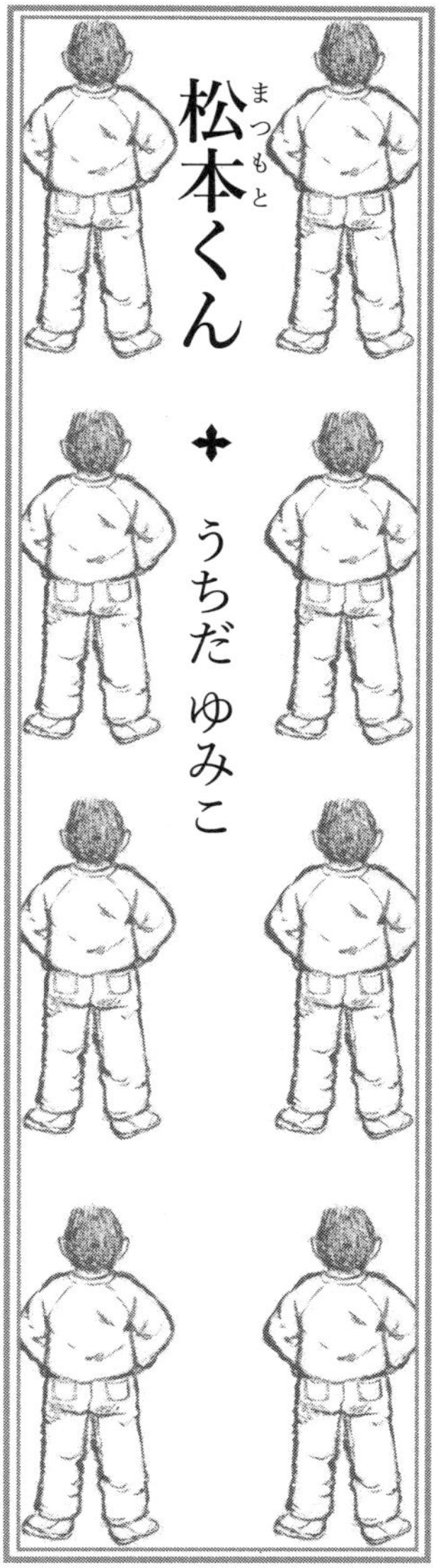

松本《まつもと》くん

うちだ ゆみこ

「おれと、かわれ！」

給食《きゅうしょく》の時間、順番《じゅんばん》にならんでいた圭太《けいた》に、松本《まつもと》くんは言った。

「おれの大すきな、カレーライスだ！」

圭太《けいた》はすぐに「いや」と、言えなかった。松本《まつもと》くんのでかい体は半分、圭太《けいた》の前に入っていた。

「これ、やる」

松本《まつもと》くんはガチャガチャのキャラクターを、わたそうとした。

「いらない」

圭太《けいた》はそう言って、一番後ろにならんだ。

松本《まつもと》くんは頭をかきながら、

「大もり！」

配膳係《はいぜんがかり》の女子に、大声で言った。

この間も、給食《きゅうしょく》で出たゼリーを「くれ!」と言って、取《と》った。本は「かせ!」って、持《も》っていった。

松本《まつもと》くんは、きらいだ!

学校からの帰り、圭太《けいた》はおかあさんがはたらいているスーパーに向《む》かった。大山商店街《しょうてんがい》の広場には大きなツリーがあり、サンタクロースの服《ふく》を着《き》た人が「メリークリスマス」と言いながら、ティッシュを配《くば》っていた。

もうすぐクリスマス。圭太《けいた》はもう四年生だから分かっている。サンタなんか来ないんだ。

夏の終《お》わるころ、おとうさんのはたらいている会社は倒産《とうさん》した。それからしばらくして、おとうさんは他《ほか》の仕事《しごと》で地方に行った。お正月も帰ってくるかどうか分からない。

「仕事《しごと》があるって、ありがたいことね」

おかあさんが言った。

どうありがたいのか、分からない。おとうさんが家にいないから、おかあさんは、はたらかなければならないんでしょ。

圭太《けいた》はおとうさんに、そう言いたかった。

おかあさんがはたらいているスーパーマツモトは、松本《まつもと》くんのおとうさんが社長をしているお店。本当は松本《まつもと》くんのおじいさんが作ったお店で、今は会長とかでえらいらしい。それに、商店街《しょうてんがい》の会長もしている。松本《まつもと》くんはこのへんで、一番えらい人の孫《まご》なんだ。

だから、おかあさんがスーパーマツモトではたらいていることが、いやだった。

でも、お客《きゃく》さんとわらっているおかあさんがすきだから、時々見に行くんだ。

スーパーの表《おもて》から中をのぞいてみたら、レジにおかあさんのすがたがなかった。うらに行ったら駐車場《ちゅうしゃじょう》で、松本《まつもと》くんがおじさんにおこられていた。

おじさんの手には、スーパーの二階《にかい》にある、ガチャガチャのキャラクターがあった。クラスのみんなにあげている物《もの》だ。圭太《けいた》にもくれようとした物《もの》だ。

松本《まつもと》くんの頭をゴツンとすると、

「おまえは三代目《さんだいめ》だぞ！　もうするな！」

おじさんはこわい顔をして、店にもどった。

松本《まつもと》くんが頭をかきながらふり向《む》いた時、目があった。

見たくないものを見た。ざまーみろとも思った。

「だれにも言うなよ！」

ドラマで見た悪《わる》いやつが言う声を使《つか》って言ったけど、松本《まつもと》くんの目はちっともこわくなかった。ポケットに手をつっこんで、肩《かた》をゆらして中学生のマネをして、松本《まつもと》くんは歩いて行った。ジングルベルの曲《きょく》が、店からも通りからも聞こえてきた。

松本《まつもと》くん、そんなことしなくても、おこづかいもらってるでしょ！

圭太《けいた》はひとりそう言ってみた。

二十四日の夜、おかあさんは少しおそく帰って来た。イブだからいそがしかったんだ。

「ごめんね、お腹《なか》すいたでしょ」

パックに入ったカラアゲ弁当《べんとう》をチンして、圭太《けいた》は一気に食べた。

ショートケーキも食べた。一人分《ひとりぶん》のケーキ。

（おかあさんのは？）なんて、聞けない。

（おかあさんも食べる？）なんて、言えない。

返事《へんじ》が分かっているから。それから、おかあさんはスーパーマツモトのふくろを出した。

「つつんでもらう時間なくて」

「えっ、ぼくに？」

「サイズあうかしら」

おかあさんは、少しわらって言った。ふくろの中はくつだった。

今はいているくつは、よごれていた。だれかのしわざで、あらっても落《お》ちなかったよごれ。おかあさんは、気がついていたんだ。

でも、おかあさん、またよごされてしまうかもしれないよ。そいつが、松本《まつもと》くんだとしたら。

スーパーマツモトのふくろを、おかあさんのいないところでグチャグチャにした。

二十五日の終業式《しゅうぎょうしき》。教室はプレゼントの話であふれていた。松本《まつもと》くんがチャイムと同時に、とびこんできた。

「セーフ！」

ドアの近くにいた三人の男子の間にわりこんで、両手《りょうて》を広げてでかい声で言った。

「ハーイ、松本《まつもと》、席《せき》につけ！」

先生が入ってきて、言った。

圭太《けいた》はくつ箱《ばこ》のくつが、気になってしょうがなかった。先生の話が早く終《お》わらないか、そればかり思っていた。

後ろの席《せき》の子が、エンピツの先で圭太《けいた》の背中《せなか》をつついてきた。

「おまえプレゼント、何？　おまえんちさ……」

言い終《お》わらないうちに、松本《まつもと》くんがその子のイスをけとばした。

「松本《まつもと》、しずかにしろ！」

先生は松本《まつもと》くんをにらんで、言った。

松本《まつもと》くんは頭をかいた。

終業式《しゅうぎょうしき》が終《お》わって、圭太《けいた》は急《いそ》いでくつ箱《ばこ》に向《む》かった。いくつかならんだくつ箱《ばこ》の列《れつ》に、松本《まつもと》くんのすがたが見えた。

まずい！　やられる！

圭太《けいた》のくつ箱《ばこ》の前に、松本《まつもと》くんが足を広げて立っていた。となりのクラスの男子が二人《ふたり》走って行くのが見えた。松本《まつもと》くんは圭太《けいた》を見ると、有名《ゆうめい》なメーカーのくつをはいて帰って行った。

圭太《けいた》はそーと、自分のくつ箱《ばこ》を開《あ》けた。くつは無事《ぶじ》だった。

松本《まつもと》くんがいやなやつって、いつから思ったんだろう。

松本《まつもと》くんが教室に入ってくると、つくえの上をたしかめる。「おい！」とよばれても、たまに聞こえないふりをした。物《もの》をかくされたことも、よごされたことも、松本《まつもと》くんがしたってところを見たわけじゃないのに。

何かあると先生は、松本《まつもと》くんを職員室《しょくいんしつ》によぶ。授業中《じゅぎょうちゅう》うるさいと、「松本《まつもと》！しずかにしろ！」と、どなる。でも、圭太《けいた》は思った。うるさくさせる原因《げんいん》は、松本《まつもと》くんじゃないって。

家に帰ったらテーブルの上に、五百円玉が一つ置《お》いてあった。お昼代《ひるだい》だ。

おかあさんは昨日《きのう》おそかったから、お弁当《べんとう》を作っている時間がなかったんだ。そんな時は五百円玉を持《も》って、コンビニに行く。パンと飲《の》み物《もの》とのこりのお金でおかしを買う。一時をすぎれば、コンビニもお客《きゃく》さんが少なくなるから、ゆっくりえらべる。

一時をすぎて、圭太《けいた》は家を出た。商店街《しょうてんがい》と反対方向《はんたいほうこう》のコンビニへ、行くことにした。学校のみんなに会わずにすむ。神社《じんじゃ》の前を通った。お祭《まつ》りの時にお店が出て、何度《なんど》か行ったことがある。通りぬければコンビニに近い。圭太《けいた》は石の階段《かいだん》を上がった。

冬だけど葉《は》っぱをいっぱいつけた木が何本かあって、陽《ひ》が当たらないから寒《さむ》い。だれもいないし、神様《かみさま》のまつられている社殿《しゃでん》も寒《さむ》そうだ。うらにまわろうとしたら、松本《まつもと》くんがいた。ポケットに手をつっこんで立っていた。

「よっ！」

まるで圭太《けいた》を待《ま》ちぶせしていたように、あごを上げて言った。

圭太《けいた》の足が止まった。こわいと言うより、なぜここに？　と、びっくりした。

「くつ」

圭太《けいた》のとまどいもよそに、松本《まつもと》くんは言った。

「くつ、もうよごされないようにしろよ」

命令《めいれい》するような大きな声だった。

「そのくつさ、おれんとこのくつなんだぜぇ」

言葉《ことば》の最後《さいご》の「ぜぇ」が上がった。

やっぱり、今までよごしていたのは、松本《まつもと》くんじゃなかったんだ。あの時も、あいつらを追《お》いはらってくれていたんだ。

「よく見ろよ。横《よこ》のとこにM《エム》ってマークあるだろ。マツモトのM《エム》。ブランド品《ひん》だぜぇ」

よく言うよ。松本《まつもと》くんがはいているくつは、すっごく高いメーカーのくつだよ。

でも、圭太《けいた》は、
「さっきはありがとう」
と、言った。
「はっ？　何言ってんだよおまえ、バッカじゃねえ」
松本《まつもと》くんはそれでもうれしそうに、頭をかいた。おこられても、てれても
松本《まつもと》くんは頭をかくんだ。
「おまえ、ガキだと思ったけど、いがいと大人《おとな》じゃん。おれのやる物《もの》を、いら
ないって言ったの、おまえがはじめてだしな」
木々の間から陽《ひ》が、二人《ふたり》のいる場所《ばしょ》をてらし出してくれた。
赤いこうしもようのはんてんを着《き》たおじいさんが、うらからやって来た。
賽銭箱《さいせんばこ》からチャリンと音がした。鈴《すず》がなり、手を合わせてしきりにつぶやいて
いた。

おじいさんがいなくなると、

「おれたちも、おねがいしようぜ」

松本《まつもと》くんはポケットをさぐって、

「あっ、十円玉ないや、おまえ、ある？」

と、言った。

「あるわけないよ」

ポケットの中の五百円玉を、にぎりしめた。

「子供《こども》だから、神様《かみさま》も大目に見てくれるっしょ！」

松本《まつもと》くんは、いきおいよく鈴《すず》をならし、手を大きく二回たたいた。

「松本《まつもと》くん、何おねがいするの？」

圭太《けいた》は聞いた。

「いろいろあるだろう、しょうばいはんじょう、かないあんぜん……とか」

「松本《まつもと》くんち、お金持《かねも》ちなのに？」

「三代目《さんだいめ》だってよ、苦労《くろう》あるんだぜ」

おじいさんが一代目《いちだいめ》、おとうさんが二代目《にだいめ》、そして、孫《まご》の松本《まつもと》くんが三代目《さんだいめ》になるんだって。

「松本《まつもと》くんの苦労《くろう》って？」

「そんなことも、わかんねえのかよ」

「家族《かぞく》もいるのに……」

家族《かぞく》と言ったあと、圭太《けいた》の胸《むね》がギュッとつまった。

「勉強《べんきょう》だって、できるし」

「まぁ、じゅく行ってるしな。おまえもいっしょに行く？」

圭太《けいた》はすぐに、首を横《よこ》にふった。

「病気《びょうき》で休んだことも、ないでしょ」

言いながら、自分がうらやましがっているんだと、気がついた。

「おまえ、幼稚園《ようちえん》の時、ぜんそくで休んだりしたな」

「今はもう、なおったよ」

せきが出て苦《くる》しかった時に、松本《まつもと》くんが背中《せなか》をなでてくれたことがあった。

階段《かいだん》の所《ところ》で、赤いはんてんの丸まった背中《せなか》が、見えた。ゴミを拾《ひろ》っているみたいだ。

「おれだって、腹《はら》いたくなる時あるさ」

「給食《きゅうしょく》おかわりするのに？　人の分も食べちゃうでしょ」

「ストレス、ストレス」

松本《まつもと》くんはお腹《なか》をおさえた。

「お腹《なか》いたいの？」

心配《しんぱい》した圭太《けいた》に、松本《まつもと》くんは、

「やっぱおまえ、ガキだぜ」

賽銭箱《さいせんばこ》の前の、木の階段《かいだん》をポーンとおりた。

「ガキと話してても、おもしろくねぇ！」

肩《かた》をギクギク回すと、

「クリスマスの次《つぎ》は、お年玉だー！」

そう言いながら、石の階段《かいだん》へ向《む》かった。

お腹《なか》がいたくなるストレスって、どういうことだろう。圭太《けいた》はおとうさんが仕事《しごと》でも、家にいないことがさびしいし、時々腹《はら》もたつけど、お腹《なか》がいたくなったことはない。

学校でいやなことがあっても、おかあさんが帰ってくると、そんなことはわすれる。

ピョンピョンはねながら階段《かいだん》を下りていく松本《まつもと》くんを見ながら、松本《まつもと》くんも、きっといやなことがあるんだろうな……と、圭太《けいた》は思った。

「あの会長の孫《まご》か」

いつのまにか、赤いはんてんのおじいさんが圭太《けいた》のそばにいた。

「友だちか？」

白いヒゲが、松本《まつもと》くんのおじいさんと同じぐらいの歳《とし》に思えた。

「ちがいます。クラスが同じだけです」

圭太《けいた》は小さな声で言った。

「友だちは、いいねぇ」

「だから、友だちじゃないです」

圭太《けいた》の声が聞こえなかったのか、おじいさんは手ぬぐいで手をふきながら、

「うん、うん、会長にそっくりだ」

と、言って、手ぬぐいをパーンと広げて、はたいた。大山商店街《しょうてんがい》と書いてあった。

「いい三代目《さんだいめ》になるねぇ」

おじいさんは、またそう言って、うらへ行った。

松本《まつもと》くんのどこがいいんだよ。

順番《じゅんばん》を守《まも》らない。人のゼリーは取《と》る。人の物《もの》をかってに持《も》って行く。すぐおこる。イスをけとばす。圭太《けいた》は指《ゆび》をおって、数えてみた。

でも、でも……。おった指《ゆび》を広げた。

松本《まつもと》くんは人をなぐらない。かってに持《も》って行っても、かくしたりしない。

大声でおこるけど、ムシしたりしない。

だけど、物《もの》をあげたりして、もらった子はよろこんだりして……。

やっぱり、松本《まつもと》くんはきらいだ！

階段《かいだん》を一段《いちだん》下りた。二段《にだん》下りて立ち止まった。

「松本《まつもと》くん、物《もの》をあげたりしなくても、いつだって、だれにだって、いばっていて口が悪《わる》くて、それが松本《まつもと》くんなんだよ」

圭太《けいた》は自分に向《む》かって言った。それから階段《かいだん》を一気にかけ下りた。

メルヘン21について

「メルヘン21」は、童話作家の故菊地ただし先生が創設された会です。先生が新聞紙上で「いまこそ子どもたちにメルヘンを」と会員募集の呼びかけをしたのは一九九七年です。子どもたちの心にみずみずしいものが残る作品を届けたいという先生の止むに止まれぬ思いによって生まれました。

✦✦✦ 作者紹介 ✦✦✦

✦あらい れい✦　本名　荒井 禮　第27期日本児童文学学校修了。日本児童文学者協会会員『おいでよ！メルヘンの森へ』共著。

✦井上 一枝✦　新潟県出身。創作『ブルースプリング』、詩集『銀の半月』、『子どもへの詩の花束』共著。日本児童文学者協会会員。

✦うちだ ゆみこ✦　本名　廣瀬 由美子　東京都出身。日本児童文学者協会会員。『おいでよ！メルヘンの森へ』共著。

✦小林 和子✦　兵庫県生まれ、東京都在住。日本児童文学者協会会員。著書に『おいでよ！メルヘンの森へ』共著、『いずみは元気のかたまりです』。

✦鈴木 や寸のり✦　静岡県在住。第27期日本児童文学学校修了。

✦チャウリー✦　ホームページ「読み聞かせをしてみよう！よみっこ」を運営する読み手であり語り手。『おいでよ！メルヘンの森へ』共著。

✦西ノ内 多恵✦　高知県出身　東京都在住。第26期日本児童文学学校修了後、創作童話の習作にはげむ。

✦みずき えり✦　本名　水谷 紀美子　東京都出身。『にしたまの創作民話』、『妖怪時間で三年間』、『おいでよ！メルヘンの森へ』共著。日本児童文学学校創作教室を卒業。

✦みやもと みな✦　東京都出身。東京芸術大学大学院美術研究科修了。

編　者：メルヘン21
連絡先：jidoubungaku.m21@gmail.com

さかいめねこ

2017年9月15日　初版第1刷発行

編者 ――メルヘン21
発行者――平田　勝
発行 ――花伝社
発売 ――共栄書房
〒101-0065　東京都千代田区西神田2-5-11出版輸送ビル2F
電話　03-3263-3813
FAX　03-3239-8272
E-mail　kadensha@muf.biglobe.ne.jp
URL　http://kadensha.net
振替 ――00140-6-59661
装幀 ――みやもと みな
印刷・製本 ―中央精版印刷株式会社

ISBN978-4-7634-0824-2 C8093